竹苑中国

流　云／著

（一）

百花洲文艺出版社
BAIHUAZHOU LITERATURE AND ART PRESS

图书在版编目（CIP）数据

行记中国. 一 / 流云著. -- 南昌：百花洲文艺出版社，2019.10
ISBN 978-7-5500-3434-1

Ⅰ.①行… Ⅱ.①流… Ⅲ.①诗集－中国－当代Ⅳ.①I227

中国版本图书馆CIP数据核字(2019)第217086号

行记中国（一）

流　云　著

责 任 编 辑	游灵通　朱　强	
书 籍 设 计	方　方	
制　　　作	黄敏俊	
出 版 发 行	百花洲文艺出版社	
社　　　址	南昌市红谷滩新区世贸路898号博能中心一期A座20楼	
邮　　　编	330038	
经　　　销	全国新华书店	
印　　　刷	江西华奥印务有限责任公司	
开　　　本	710mm×1000mm 1/16　　印张 17.5	
版　　　次	2019年10月第1版第1次印刷	
字　　　数	200千字	
书　　　号	ISBN 978-7-5500-3434-1	
定　　　价	56.00元	

赣版权登字 05-2019-265
邮购联系　0791-86895108
网　址 http://www.bhzwy.com
图书若有印装错误，影响阅读，可向承印厂联系调换。

目　录

信阳　一个有信仰的地方

河南信阳

一个有信仰的地方

信阳的春天

信阳的春天

河南信阳

南湾湖畔起歌声，

茶岛芽绿正清明。

毛尖品出板栗香，

浉源阁上观日红。

和静怡真开心田，

鸡公山下忙耕种。

思乡问道茗萃苑，

一杯入怀赛龙井。

潢川会友

河南信阳

一晚信阳宴，

江淮风光现。

鸡公鸣三省，

英才出潢川。

己亥清明节登鸡公山

河南信阳

天生一个报晓峰，

东方既白拜鸡公。

北眺淮河千重浪，

南望长江万里红。

鸡公山咏信阳毛尖

河南信阳

小芽尖尖青，

翠纱织云景。

入口润丹田，

咀嚼化春风。

信阳春溪即景

河南信阳

水牛走田垄，

长尾扫蜜蜂。

一群小麻鸭，

学步又捉虫。

清明节新县祭拜许世友将军

河南信阳

五虎山前春意深，

凤松偏爱许将军。

油菜花开向天笑，

老屋犹住少年魂。

忠孝勇廉重气节，

赤心肝胆朗乾坤。

携枪面见毛主席，

革命队伍只一人。

酒祭许世友将军

河南信阳

一杯茅台酒，

对饮许将军。

忠魂不远游，

陪伴老母亲。

清明之夜宿信阳会苏仙

河南信阳

东坡与我聊一夜，

满纸尽是寒食帖。

三月黄州海棠雨，

情丝绵绵不知歇。

楚国风云

河南信阳

提刀策马舞长鞭，

几度春秋问中原。

苍天愿酬英雄志，

扬帆破浪海江天。

光山谢友

河南信阳

今天来会司马光，

一树一井老模样。

念你搬石能砸缸，

我是儿时调皮郎。

今日信阳

清明时节走信阳，

一步一景心花放。

北国江南有模样，

江南北国穿红装。

淮河绿水翻细浪，

大别山上春意盎。

鸡公鸣翠高声唱，

美丽画卷舞东方。

走进大别山

河南信阳

湖上落仙岛,

山中起飞鸟。

小犬吠声大,

雄鸡报晨晓。

水牛打群架,

炊烟追云绕。

野花傲然开,

春露湿裤脚。

商城汤泉泡泉小记

河南信阳

泉气赛香茗，

一树山茶红。

早有飞鸟来，

伴我起征程。

光州春申君黄歇故里怀古

河南信阳

恨不能生在战国，

春申君下做门客。

江山辜负守门人，

血洒棘门谱壮歌。

潢川黄国故城抒怀

河南信阳

江淮大地起云烟，

黄国故城三千年。

陆终始封传万代，

春申君曾舞龙鞭。

慷慨悲歌兴王朝，

英雄莫让飞花乱。

今日回家问儿女，

记得几人坐江山。

跟着你

河南信阳

日出东方照江淮，

一叶小舟行大河。

长征二万五千里，

大别山上将星多。

高庙村头拾景

河南信阳

下田问老乡，

可曾有鱼塘。

小狗欲张口，

鹅鸭引路忙。

高庙村菜园小记

河南信阳

随手扯起豌豆秧，

几只蝴蝶受惊慌。

拔根小葱放嘴里，

半空飘来泥土香。

培垄覆膜浇春水，

辣椒育苗半尺长。

坡上公鸡比斗志，

田头跑来大山羊。

礼赞潢川

河南信阳

淮河之南泛烟波，

潜山倒影小潢河。

时空转换三千年，

黄国高唱大风歌。

安居乐业田园美，

绿树红花戏鸭鹅。

代有英杰写华章，

家家户户好生活。

参观邓颖超祖居感念

河南信阳

高风亮节写大公，

光山归来心难平。

家乡纪念邓颖超，

祖地万代得光荣。

想去攀枝花

四川攀枝花

青龙山放羊人
攀枝花向我们走来

芒果树下

想去攀枝花

四川攀枝花

川南小城攀枝花，

你要动心爱上她。

亭亭玉立正少女，

青春美丽吐芳华。

攀枝花向我们走来

四川攀枝花

千山万壑舞东风，

金沙雅砻塑新生。

滚滚激流荡岁月，

万里长江第一城。

魅力攀枝花

群山巍峨接苍穹，

金沙江岸起涛声。

三线建设一声令，

凤凰树下弄弄坪。

风雨过后织彩虹，

钒钛之都英雄城。

南国深处百花红，

宝珠璀璨吐峥嵘。

今日攀枝花

四川攀枝花

金沙江城，南国宝珠。

血肉铸就，钒钛之都。

千军万马，战略宏图。

风雨雷霆，云山吐雾。

阳光灿烂，红花绿树。

安居乐业，百姓富足。

时代赞歌，再踏征途。

参观攀枝花中国三线建设博物馆感怀

四川攀枝花

深山钢花红，

儿女热血崩。

铁流铸丰碑，

江涛赞英雄。

青龙山放羊人

四川攀枝花

一群黑山羊，

悠闲啃山荒。

一只黑山羊，

一年好口粮。

一个放羊人，

竹竿拿手上。

一朵山野花，

孤芳多自赏。

情系竹湖园

四川攀枝花

两只黄鸭两只鹅，

友好相处过生活。

剑鸭一只又飞临，

强行安家来入伙。

做客彝家

四川攀枝花

闹市藏九寨，

亭台有花开。

点亮凌云志，

天地大观来。

题记国木水源

四川攀枝花

好大一棵蓝花楹，

紫气东来照门庭。

攀枝花下夜来香，

乐伴星空逗蚊虫。

鹦哥学舌堂前欢，

锦鲤戏水春意浓。

朱红高墙藏富贵，

彝族人家重风情。

雅砻江你好

四川攀枝花

滔滔雅砻江，

碧波若海洋。

青山迎绿水，

平湖接天光。

二滩走来

四川攀枝花

雅砻江上涛声隆，

霸王山下战旗红。

从此改天换日月，

电击雷火送光明。

参观二滩水电站记

四川攀枝花

千里走大川，

迈步上二滩。

翻云覆雨间，

惊世骇俗眼。

芒果树下

四川攀枝花

坐等白云起，

静候雄鸡鸣。

风吹绿雾散，

一轮旭日红。

纳尔河人家

四川攀枝花

山中有人家，

山前攀枝花。

山上芒果园，

山下养鹅鸭。

康养攀枝花

天热不出汗，

日照无红脸。

两江育花城，

四季瓜果甜。

攀枝花芒果

四川攀枝花

绿树守山岗，

伴星晒太阳。

等到八月黄，

惹人甜又香。

若水难舍

四川攀枝花

雅砻江口三座桥，

迈步金沙领风骚。

千里走来不觉累，

一朝入海比自豪。

雅江夜览

四川攀枝花

黑山听江风，

若水观涛涌。

高歌传万里，

笑谈缚长龙。

红格温泉夜游小趣

四川攀枝花

耳畔草虫鸣，

星空抱怀中。

氡泉弹序曲，

芭蕉奏和声。

盐边礼赞

四川攀枝花

川南盐边有风景，

红格小镇泉气清。

纳尔河区芒果园，

雅砻江上出彩虹。

二滩水电惊世界，

黑山脚下大潮涌。

彝族村寨寻故事，

百里画廊听鸟鸣。

大田咏石榴

四川攀枝花

漫山石榴红，

朵朵喜盈盈。

粉黛不弄姿，

无意引蜜蜂。

驿栈风行

四川攀枝花

别过迤沙拉，

小憩隐山岚。

饮杯野坝茶，

去见翠鸟欢。

未来攀枝花

四川攀枝花

三线建设赋生命，

深山渡口已唤醒。

钒钛之都定乾坤，

金沙江上赞英雄。

花城水岸风光美，

二次辉煌举大鼎。

昂首阔步向未来，

新时代下更从容。

凉山舞东风　北斗贺太平

四川凉山州西昌

泸山你早
爱上西昌

写给邛海

寻访昭觉三河村有感

四川凉山州西昌

当年乾隆下江南，

游山玩水乐悠闲。

党的领袖上凉山，

人民为大记心间。

访贫问苦看火塘，

彝族百姓心里甜。

一个不少奔小康，

处处都是艳阳天。

致敬三河村第一书记

四川凉山州西昌

心中一团火，

撒满野山乡。

缕缕彝家情，

连着党中央。

见到总书记，

喜泪脸上淌。

立下脱贫志，

万苦也要闯。

山里的希望

四川凉山州西昌

路遇放学娃，

坚定走步伐。

书包肩上挎，

朝气写脸颊。

手中拿野花，

最爱蝙蝠侠。

问其想干啥，

愿当科学家。

大凉山上养蜂人

四川凉山州西昌

风餐露宿追野花，

山高路远望乌鸦。

支起篝火熬长夜，

黑狗为伴走天涯。

请到彝乡来看我

四川凉山州西昌

川西高原是彝乡，

心中最爱蓝月亮。

火把照透红脸庞，

姑娘小伙高声唱。

你家寨子打粮多，

我家坡上有花香。

双脚蹚过小河水，

卿卿我我走山岗。

参观西昌卫星发射中心抒怀

四川凉山州西昌

大凉山上向天笑，

月宫嫦娥入怀抱。

将士痛饮三杯酒，

再向寰宇披战袍。

参观西昌彝族奴隶社会博物馆记

四川凉山州西昌

刀耕火种间，

一步越千年。

有了共产党，

彝寨换新天。

邛海印象

四川凉山州西昌

日上碧波红，

夜来弄清影。

山风吹不破，

何时起涛声。

邛海的早晨

四川凉山州西昌

山深已有人家忙，

海大不见打鱼翁。

心中花田还未放，

窗外几曲是鸟声。

夜宿泸山脚下邛海宾馆杂记

四川凉山州西昌

西昌揽星启征程，

邛海赏月难入梦。

惊叹当年杨升庵，

怎知北斗贺太平。

泸山你早

四川凉山州西昌

耳边鸟鸣欢，

扰我睡梦甜。

推窗凭栏处，

邛海漫金山。

西昌赞歌

四川凉山州西昌

泸山松涛起东风，

烟雨鹭洲十里红。

白云生处花灿烂，

彝家勤劳赛蜜蜂。

空谷回荡夺奇志，

长剑出鞘舞太空。

人说邛都春光好，

川西高原有名城。

写给邛海

山中一池水，

不知何时来。

若有海胸怀，

莫等天地开。

榕园一餐

四川凉山州西昌

跑山猪肉香，

菌子做鲜汤。

土鸡烧辣子，

野菜炒酸姜。

彝家头道菜，

客人要先尝。

用过三巡酒，

邛海赏月光。

爱上西昌

紫气东来，旭日光芒。

三角梅开，满城花香。

鸟飞绿野，镰起麦黄。

泸山领舞，邛海翻浪。

气清云白，美丽西昌。

北斗逐梦，万古流芳。

大连组曲

辽宁大连

大连你好
致敬大连

梦幻东港

梦幻东港

辽宁大连

多年了，想来看看

你这浪漫时尚的东港

多次了，想来亲亲

你这风情万种的东港

多年了，想来听听

这里的琴声悠扬

多次了，想来闻闻

这里的奇妙花香

多年了，想来摸摸

这里的碧波大浪

多次了，想来望望

这里的青春光芒

多年了，想来走走

这里的大街小巷

多次了，想来碰碰

这里的火花思想。

致敬大连

绿水青山，绿树花田。

星海湾畔，音乐喷泉。

老虎滩上，白鸥盘旋。

棒棰岛前，碧波岚烟。

时尚东港，自由浪漫。

槐花满城，阳光灿烂。

深水码头，巨轮家园。

航灯伴月，红霞初绽。

美好生活，幸福笑脸。

今日大连，气象万千。

时代之光，五彩斑斓。

历史责任，不忘苦难。

铁肩道义，开创明天。

大连你好

辽宁大连

五月好风光，

满城槐花香。

小小棒棰岛，

天下美名扬。

百年老电车，

老街新模样。

淡妆合时宜，

青春少女郎。

一座城一首诗

江苏苏州相城

参观苏州御窑金砖博物馆记
走进相城·走来太平

冯先生您好

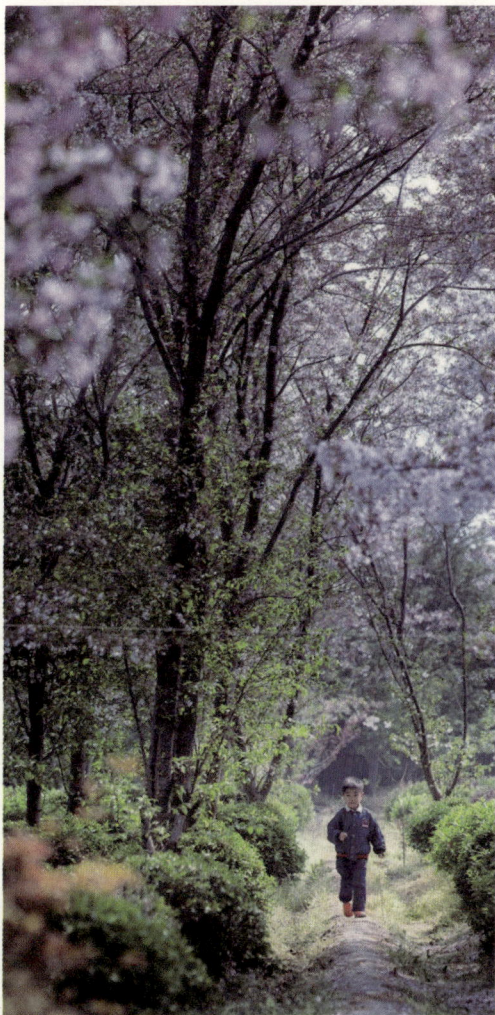

二千五百年的约定

夜宿相城会子胥，

阳澄湖上听茶曲。

当年尝水论眼力，

象天法地看今日。

画里盛泽

江苏苏州相城

夜宴盛泽湖，

佳肴饱口福。

江南四季好，

初夏百花熟。

参观苏州御窑金砖博物馆记

江苏苏州相城

天工开物起金光，

元河塘上风帆扬。

一砖讨得君王喜，

多少窑工累断肠。

冯先生您好

江苏苏州相城

昨夜三更有惊醒,

今天来会冯梦龙。

江南长洲冯埂上,

好大一株石榴红。

相城沈家

吴门看沈周,

丹青开山头。

驻足秋林间,

不在江湖游。

走相城与文徵明擦肩而不遇

江苏苏州相城

别过冯梦龙，

又来看沈周。

想起文徵明，

思念上心头。

大哉相城

江苏苏州相城

绿树成荫花锦簇，

碧波荡漾湖连湖。

东桥走来冯梦龙，

沈周家门春风苏。

四绝还看文徵明，

黑衣宰相有智谋。

相土尝水筑霸业，

紫禁城里金砖铺。

礼赞相城

江苏苏州相城

长三角上起东风，

朝气蓬勃看相城。

车水马龙行大道，

湖光潋滟映日红。

科技引领站高位，

国际风范欣欣荣。

疾步扬鞭大发展，

新时代下称英雄。

走进相城·走来太平

江苏苏州相城

太平镇上观风景，

水乡人家好淡定。

小舟悠然门前过，

爬墙月季悄悄红。

寺院幽幽燃香火，

一棵千年老银杏。

不用仙人来指路，

听到琅琅读书声。

致敬苏州高铁新城

江苏苏州相城

湖光沐春风，

高铁起新城。

大楼拔地起，

长龙连八通。

科技注活力，

引智兴产融。

扎根沃土地，

豪气问天穹。

姑苏城赠桃坞小筑主人李兄

江苏苏州相城

清涧游真龙，

春山听鸟鸣。

堂前百花开，

闲庭观日红。

小王姑娘

江苏苏州相城

十八来相城，

打工为谋生。

端盘又涮碗，

累得腰背疼。

励志爱学习，

安家事业成。

关爱新市民，

苏州在行动。

身为外来者，

待遇一样同。

夸赞这里好，

满脸笑春风。

脊　梁

视野开阔素质硬，

干事兴业有激情。

创新发展能争先，

执政为民作风正。

不问自己多辛苦，

青山绿水装心中。

纵然白发染双鬓，

造福一方爱百姓。

这里是相城

江苏苏州相城

这里是相城，这里刮春风，

这里立宏志，这里万花红；

这里是相城，这里舞长龙，

这里许心愿，这里碧波涌；

这里是相城，这里望星空，

这里连四海，这里享太平；

这里是相城，这里自从容，

这里出人杰，这里天下名；

这里是相城，这里有使命，

这里举战旗，这里扛大鼎。

如意湖的早晨

江苏苏州相城

绿草青青，碧波盈盈。

翠鸟声声，铁龙隆隆。

红霞融融，溪流淙淙。

春意浓浓，朝气生生。

咏香樟树

江苏苏州相城

根深志坚定，

干直绿意浓。

喜欢经风雨，

不惧蚊和虫。

未来相城

大历史，大文化；

大格局，大气度；

大布局，大交融；

大规划，大产业；

大交通，大流通；

大开放，大服务；

大民生，大市容；

大花园，大风景。

万里滔滔入东海　青峰岚烟气象开

上 海

醉忆浦江
外婆桥上

勇立潮头大上海

勇立潮头大上海

你有海一样的胸怀，

你有斑斓的色彩，

你引领了这个时代；

你有山一样的豪迈，

你有谦逊的姿态，

你挥起了这个节拍；

你有风一样的期待，

你有美丽的盛开，

你站上了这个舞台；

你有云一样的徘徊，

你有灵巧的剪裁，

你缔造了这个存在。

日出苏州河

上海

绿雨落梧桐，

红花笑春风。

一江忘情水，

踏浪共潮生。

参观上海博物馆记

上　海

海纳天下客，

文明贯长河。

愿君多采撷，

娇艳花一朵。

瞻仰党的一大会址感怀

上海

青春闪光芒，

民族有希望。

百年行大道，

梦圆正东方。

漫步云间

登佘山而小黄浦，

秀道者而大月湖。

问吴越到广富林，

访松江来寻根土。

醉忆浦江

上 海

美丽夜上海，

江风如约来。

登临最高巅，

星月抱入怀。

外婆桥上

上　海

夜览黄浦江，

仿佛梦工场。

龙船迎风浪，

扑面世界窗。

永远的白玉兰

上 海

春天是你的季节，

你骄傲地让人们停下了脚步；

夏天是你的洗礼，

你陶醉地让人们张大了双眸；

秋天是你的华章，

你优雅地让人们打开了歌谱；

冬天是你的仪式，

你自豪地让人们送来了祝福。

上海　上海

东风劲吹百花开，

万紫千红春天来。

勇立潮头抒壮志，

高歌引领新时代。

龙跃赤水行大海　气沉丹田吐芳华

贵州遵义

赤水复兴镇即景
夜宿赤水长江半岛酒店会李白

参观遵义会议会址抒怀

赤水情深

贵州遵义

今日到遵义，

朝圣转折地。

从此有方向，

一路进行曲。

参观遵义会议会址抒怀

贵州遵义

残阳如血山似海，

红色华章大舞台。

百年沧桑谁见证，

初心不忘老刺槐。

参观遵义会议会址有感

贵州遵义

一个激情奔放的年代，

一个志在远方的年代；

一个充满理想信念的年代，

一个能够舍生忘死的年代；

一个思想升华的年代，

一个开天辟地的年代；

一个光芒闪耀的年代，

一个英雄辈出的年代。

行记中国

遵城之美

贵州遵义

遵义有味道，

圣地红旗飘。

老城不花哨，

新城自带娇。

丹霞阳光照，

赤水绕山角。

桫椤戏绿雨，

青峰起飞鸟。

走进苟坝

绿树红花，清泉朝霞。

百年老屋，犹有夜话。

山间小道，芳草天涯。

马灯光芒，耀我中华。

乡愁花茂　最美红村

贵州遵义

美丽一幅画，

乡愁好安家。

红色血铸就，

正是好年华。

我爱你 茅台

赤水河的茅台，红土地的茅台；

仁怀人的茅台，天下人的茅台；

飘香的茅台，柔情的茅台；

最美的茅台，醉了的茅台；

诗意的茅台，追梦的茅台；

传奇的茅台，神秘的茅台；

中国的茅台，世界的茅台；

今天的茅台，未来的茅台。

行记中国

咏习水土城

贵州遵义

土城流光，岁月徜徉。

红色圣地，赤水欢唱。

千年航运，汇十八帮。

风雨兼程，名天下扬。

绿水青山，鸟语花香。

看见大爱，等你无妨。

土城客栈

贵州遵义

夜半山雨来，

浇我睡梦开。

起身如厕时，

不由看窗台。

土城夜会

一夜鸟鸣伴雨声，

天雷阵阵闪电红。

四渡赤水吹号角，

文韬胜过十万兵。

寻访土城镇

贵州遵义

土城问老乡，

生活可安康。

餐桌有鱼鸭，

门前闻花香。

含饴弄儿孙，

看病能保障。

出行坐汽车，

家家住楼房。

幸福当思源，

赤水绵延长。

想念毛主席，

感谢党中央。

赤水河人家

贵州遵义

推门满眼绿，

闭目山光曲。

热上一壶酒，

下河拉网鱼。

你从赤水河走来

赤水行大船，

昂首望远山。

航灯指方向，

蛟龙入海天。

赤水夜来香

贵州遵义

门前一条河，

山上竹满坡。

华灯初上时，

霓虹映碧波。

泡杯绿宝石，

支起麻将桌。

饭后勤漫步，

嬉闹欢乐多。

跳起广场舞，

高唱红军歌。

赤水人家美，

幸福好生活。

大美赤水

好想安家来赤水，

梦里千转几百回。

碧海丹霞照我心，

疾步扬鞭策马催。

遵义 遵义

贵州遵义

红色遵义，绿色遵义。

生态遵义，诗意遵义。

文化遵义，文明遵义。

醉美遵义，浓情遵义。

开放遵义，活力遵义。

富美遵义，幸福遵义。

赤水丹霞

此景天上来，

撞破我心怀。

一株桫椤树，

敢问谁人栽。

千尺佛光岩，

飞流红云开。

巍巍五柱峰，

永在心中埋。

丙安古镇壮怀

贵州遵义

走过双龙桥，

回首望古道。

滔滔赤水河，

滚滚逐大潮。

翠雨弄颜色，

红霞成天骄。

云开千百度，

几人领风骚。

夜宿赤水长江半岛酒店会李白

头枕赤水河，

脚蹬绿云罗。

蛙声伴入眠，

梦里关山月。

大娄山

贵州遵义

山里云多，山里雾多；

山里鸟多，山里歌多；

山里蛙多，山里声多；

山里梦多，山里情多；

山里水多，山里瀑多；

山里雨多，山里河多；

山里花多，山里香多；

山里红多，山里绿多；

山里松多，山里竹多；

山里峰多，山里奇多；

山里韵多，山里画多；

山里蕴多，山里诗多。

赤水河上的歌谣

贵州遵义

我弯弯腰，我跳跳脚，

我捧起一把赤水河的水，

我把自己打扮得好精神哟；

我动动情，我费费脑，

我捡起一块赤水河的红石头，

我悄悄地把它揣在怀里来藏好；

我掐一朵花，我拔一棵草，

我搂住赤水河上的一缕清风，

我让她捎去我亲手给哥哥缝制的小棉袄；

我唱着一首歌，我欢快地舞蹈，

我拽来赤水河上的一片白云，

我愿随她在天空上自由自在地飘。

哎嗨哟，哎嗨哟，

我把自己打扮得好精神哟，

好精神哟……

哎嗨哟，哎嗨哟，

我脚步轻轻满山地跑，

满山地跑……

贵州印象

贵州遵义

三天之行，

抹去了我原本对你的印象，

消融了你过去在我心中的模样；

你现在的形象，

打湿了我的记忆，

超乎了我的想象；

我没有意料到你会这么的荣光，

你现在让我失意得无处躲藏；

你的意气风发，你的青春激扬，

又勾起了我对你的幻想；

请原谅我对你的情伤，

我还只当你是一个情窦未开的姑娘。

赤水复兴镇即景

贵州遵义

复兴古地新气象，

烟雨升腾添瑞祥。

两岸青山翠欲滴，

一片赤心奔大江。

走进赤水丹霞

贵州遵义

万千灵秀峰，

一片丹霞红。

长河望海江，

空山闻鸟鸣。

礼赞赤水

贵州遵义

丹霞出彩云，

瀑布流诗韵。

赤水唱欢歌，

楠竹壮精神。

古镇藏盐道，

青山埋忠魂。

清风伴明月，

旭日向昆仑。

民心贵淳朴，

红色好基因。

天高气清朗，

地厚花似锦。

长寿乐百年，

幸福笑阳春。

咏湄潭翠芽

春来发嫩芽，

芳容胜桃花。

深山不藏娇，

香飘千万家。

情定赤水

空谷遇佳人，

冰清一片心。

万年老神龟，

驮我定乾坤。

献给赤水大瀑布

贵州遵义

我好想把你抱在怀里，

我小心地欣赏你的冷艳，

我动情地感受你的温暖；

我骄傲地分享你的勇敢，

我热烈地咀嚼你的灿烂。

赤水河上的晚餐

贵州遵义

六斤狗肉刚开场，

三巡茅台喝八两。

我愿更尽一杯酒，

情深不舍回家乡。

今日遵义

贵州遵义

四通八达行天下，

山山水水美如画。

家家户户过小康，

扶贫政策开繁花。

干群齐心换天地，

党的方针人人夸。

碧血柔情昭日月，

红色圣地放光华。

亿年岱宗风光好　天下泰安日月新

山东泰安

泰山吟
得大自在

登十八盘有感

泰山颂歌

山东泰安

顶天立地傲四方，

气势磅礴舞大江。

洪荒八极参北斗，

天门安泰定中央。

行记中国

泰山吟

山东泰安

亿年流光，沧海桑田。

雄居海右，直入云端。

喜迎风霜，笑傲大千。

松涛激荡，游戏雷电。

谱写华章，孕育圣贤。

夜伴星稀，昼陪日圆。

长河如歌，紫霞似弦。

气贯昆仑，清泉幽潭。

青龙吐瑞，白虎卧川。

朱雀纳祥，玄武筑垣。

玉皇极顶，东方凭栏。

百姓闲步，缕缕炊烟。

礼祀鬼神，帝王封禅。

锦绣图画，壮丽诗篇。

岱宗巍峨，灵秀绵延。

高山仰止，天下泰安。

得大自在

我欲登泰山，

触手摸云端。

望去八万里，

凡尘了如烟。

岱宗夫如何

山东泰安

不小鸿毛轻，

处处有日红。

开襟抱东海，

众山是弟兄。

泰山心语

山东泰安

极顶观日红，

耳边羽扇风。

老来三杯茶，

儿时一盏灯。

游走南天门

山东泰安

一步入青云，

天门割人神。

上来逛街市，

下去凿乾坤。

泰山小趣

山东泰安

邀来繁星做玩伴，

唤醒旭日共早餐。

一夜清风无去意，

几片云儿侍身边。

岱宗咏志

山东泰安

头上天空大，

脚下泰山高。

长路虽漫漫，

眼阔心不老。

自我的玉皇顶

山东泰安

近览自己高，

远观众山小。

九曲黄河水，

一朝万里涛。

胜 寒

清风送我登岱顶，

天门过后一身轻。

笑对黄河千重浪，

坐观晚霞满天红。

神憩痛饮三杯酒，

众仙言欢意气兴。

推开夜幕问太极，

唤来明月接繁星。

青帝相约

山东泰安

岱顶望星空，

天地一柱峰。

今夜无他事，

寻找萤火虫。

登十八盘有感

山东泰安

心有光明，不问前程，

愉快而坚定地迈好脚下每一步。

轮 回

山东泰安

日出东山顶，

天地赋生命。

朝花夕拾时，

依然灿霞红。

登高必自

山东泰安

红日出地平,

喊来万山醒。

岱顶钟声起,

敢教九州同。

咏泰山赤鳞鱼

山东泰安

清泉育我生，

山气共峥嵘。

自幼守恒志，

十年一条龙。

致敬挑山工

山东泰安

心有泰山顶，

脚步自从容。

纵然万般苦，

肩头铁石硬。

桃花峪之遇

戏水彩石溪，

心高与天齐。

原本无相邀，

走来七仙女。

泰山老奶奶的心愿

山东泰安

站在玉皇顶，

夜览泰安城。

何时有闲暇，

与民共放灯。

桃花峪之恋

山东泰安

山中幼鸟多，

偷听耳边话。

今日手牵手，

不只看桃花。

天下归仁

山东泰安

一座岱岳庙，

半部王朝史。

多少兴衰事，

告与泰山知。

你好 大汶河

山东泰安

滔滔大汶河，

万年起烟波。

左傍徂徕峰，

右倚泰山坡。

生来有故事，

文明起源多。

孕育两岸人，

一路唱欢歌。

来自大汶口的歌声

门前一条河，

名叫大汶河。

自东向西流，

奔向大黄河。

清波翻细浪，

河里鱼虾多。

石桥连南北，

齐鲁有分割。

致敬徂徕山护林员

山东泰安

坚守五十年，

痴情守大山。

最难是寂寞，

苦处对树言。

参观徂徕山抗日武装起义纪念馆记

山东泰安

大寺之战闪光芒，

山东抗日第一枪。

从此烽火燃齐鲁，

同仇敌忾驱虎狼。

大汶河湿地即景

山东泰安

岱宗向天笑,

汶河织玉带。

平湖白鹭飞,

绿洲野鸭来。

五岳独尊

山东泰安

可近而可远，

可攀而可闲；

彰显而内敛，

浓烈而散淡；

俊秀而伟岸，

神圣而庄严；

虎踞而龙盘，

接地而参天。

肥城西尚里村桃园记

山东泰安

山前一片坡，

桃花十里香。

待到秋八月，

王母抢先尝。

水韵东平

山东泰安

好山好水好东平，

水泊梁山称英雄。

当年烟波八百里，

而今麦浪万千重。

今日东平史楼村

山东泰安

村庄社区化，

村民市民化；

村貌园林化，

生活现代化；

收入工资化，

养老社会化；

医疗保障化，

教育普及化；

党建一元化，

民俗新风化。

风雨戴村坝

千里大运河，

心在戴村坝。

民间有白英，

智慧闪光华。

三分朝天子，

百官忙见驾。

七分下江南，

龙行看琼花。

漕路船如织，

百姓把鱼撒。

肥桃春雪

山东泰安

腮红不言笑，

弄眉非妖娆。

六月怀春时，

盼君一口咬。

咏泰山茶

山东泰安

日月吐山气，

清泉育墨绿。

光华耀思想，

幽兰沁心脾。

泰山三美

山东泰安

好食材，老味道；

柴火旺，掌大勺；

豆腐美，白菜俏；

水甘洌，煮佳肴。

泰安人家

泰山脚下有泰城，

百姓生活乐融融。

朝迎旭日望玉带，

夜送晚霞观霓虹。

夏风吹得万家醉，

春来桃花一峪红。

冬雪迷人多诗意，

秋到汶河波浪涌。

闲情逸致品茶香，

三更犹见几盏灯。

心如止水载厚德，

岱庙拜宗启新程。

今日泰安

山东泰安

美丽泰安，生态泰安；

文化泰安，文明泰安；

活力泰安，魅力泰安；

富裕泰安，幸福泰安。

天下泰安

山东泰安

物华天宝，人杰地灵；

山清水秀，月圆日红；

龙腾虎跃，星辰朝奉；

河清海晏，气象升隆。

祝福泰安

山东泰安

大泰安，大泰山；

大文化，大文明；

大山水，大生态；

大风光，大旅游；

大布局，大交通；

大气度，大作为；

大格局，大气象；

大发展，大前景；

大战略，大蓝图；

大未来，大光明。

若要人生无遗憾　请来一趟阿尔山

内蒙古阿尔山

阿尔山火车站的夏天
一个阿尔山人的告白

阿尔山　一个可以把心放下的地方

我到了阿尔山

内蒙古阿尔山

此处有火山，

此处有林原；

此处有温泉，

此处有蓝天；

此处有层峦，

此处有岚烟；

此处有花灿，

此处有琴弦；

此处有鸟欢，

此处有鹿仙；

此处有笑脸，

此处有家园。

题记白桦林

内蒙古阿尔山

抱团族群生，

皮脸任尔风。

不为栋梁材，

独自成风景。

白狼峰上

内蒙古阿尔山

漫步桦树林，

山气洗身心。

不远有鸟声，

催我去找寻。

冰川石兔

内蒙古阿尔山

冰川育精灵，

石上苔藓生。

君若想见她，

请来白狼峰。

白狼峰来客

内蒙古阿尔山

白狼原在云雾中，

亿年冰川脚下生。

两只石兔开山门，

蹦蹦跳跳把客迎。

鹿村即景

亲爱的客栈，

温驯的小鹿；

悦耳的鸟语，

闲散的野猪；

灿烂的山花，

黑色的泥土；

静静的溪流，

机智的松鼠；

忙碌的蚂蚁，

欢快的雪兔；

纳凉的木耳，

雨后的蘑菇；

解乏的火炕，

酒后的呼噜；

脱贫的林乡，

富足的庄户。

大兴安岭好人家

内蒙古阿尔山

当年板夹泥，

遮风不挡雨。

如今小洋楼，

天天坐电梯。

原来烧柈子，

现在液化气。

得空扭秧歌，

乐业又安居。

致敬白狼镇鹿村郑晓林书记

内蒙古阿尔山

风霜磨意志，

勤劳闪金光。

实干兴事业，

为民好思想。

初心不忘本，

土生又土长。

热爱山和水，

感谢党培养。

致富忙带头，

赤诚守边疆。

情系贫困户，

发家多扶帮。

养猪又养鹿，

一起奔小康。

生活乐融融，

幸福万年长。

老林工

咬定青山不放松，

钢肩铁臂身板硬。

夜归一壶老烈酒，

晨踏积雪顶日红。

大吼一声顺山倒，

直冲云天惊苍鹰。

俯身亲口黑土地，

放坡长龙迎春风。

望远山的心愿

内蒙古阿尔山

头顶蓝月亮，

怀中花芬芳。

跳支萨满舞，

祈福迎吉祥。

七月的阿尔山

世外有桃源，

秘境阿尔山。

大约在冬季，

这里无夏天。

行记中国

阿尔山 一个可以把心放下的地方

内蒙古阿尔山

无蚊虫之叮咬，

无往来之喧扰；

无尘世之事繁，

无人心之征讨；

无炎夏之烦闷，

无街市之吵闹；

无浓艳之媚俗，

无狂妄之高傲。

那伦酒店的早晨

内蒙古阿尔山

婷婷白桦林，

繁枝托红云。

潺潺一条河，

波光流诗韵。

清露眨眼睛，

山花绕脚跟。

游来细鳞鱼，

唤我洗凡心。

赴 约

内蒙古阿尔山

登上驼峰岭，

举头望长空。

天公最好客，

捧来七颗星。

林海千重浪，

群山万花红。

松鼠好为伴，

我愿踏歌行。

聪明的偃松

内蒙古阿尔山

不等冬雪压，

独自先趴下。

相约众姐妹，

亲密把话拉。

胜过墙头草，

来年又挺拔。

守在火山口，

石塘是我家。

静静的松鼠湖

内蒙古阿尔山

云起一山青，

雾来细雨蒙。

不分东西南，

只闻燕子鸣。

杜鹃湖的小伙伴

内蒙古阿尔山

好大一颗火山弹，

生来已有几万年。

风霜不改老模样，

喜看日月换新天。

野罂粟

一朵小黄花，

招手任我夸。

深山藏不住，

万里来看她。

咏五里泉

火山奏序曲，

松涛拨琴弦。

亿年不迷路，

走进阿尔山。

灵知赋圣泉，

甘露沁心田。

每日能三饮，

不去做神仙。

三角山哨所

内蒙古阿尔山

寒冬风雪飘，

主席上岗哨。

举目望天际，

侧耳听松涛。

统帅心无疆，

战士握钢刀。

大漠起绿洲，

神州领风骚。

大兴安岭抒怀

内蒙古阿尔山

北国天关起大风，

万里山河一片红。

征途不减英雄志，

壮心勃发破黄龙。

山丁子

内蒙古阿尔山

头上青天脚下石，

自我原在风霜中。

不与樱桃比个头，

漫山遍野九月红。

礼赞三角山哨所上的樟子松

内蒙古阿尔山

孤影伴烈风，

守心志坚定。

悠悠岁月苦，

缕缕相思情。

阿尔山之气

内蒙古阿尔山

气韵美，气质佳；

气场强，气度大；

气势虹，气魄健；

气概雄，气象新。

阿尔山火车站的夏天

内蒙古阿尔山

日落漫天红，

飞燕排长空。

小站有风情，

独在尘世中。

阿尔山神泉

内蒙古阿尔山

四十八眼泉，

羡煞杨玉环。

玉露化春风，

楼台过天关。

玫瑰峰之恋

内蒙古阿尔山

守望兴安岭，

志定赛青松。

一株玫瑰红，

谁在说爱情。

阿尔山上的约会

内蒙古阿尔山

浪漫阿尔山，

心仪多少年。

乱石不挡路，

我在等柳兰。

不冻河上的爱情

内蒙古阿尔山

冰雪环山抱，

老牛啃河草。

云深接热浪，

天高无飞鸟。

雾凇沐日光，

红霞映玉照。

零下四十度，

有人唱歌谣。

请来阿尔山看星星

内蒙古阿尔山

走上兴安岭，

风清伴月明。

心灵放个假，

双手捧星星。

招来七仙女，

百媚学争宠。

柔情躲不过，

独上白狼峰。

哈拉哈河上的歌谣

内蒙古阿尔山

西风烈，马蹄疾；

驾长空，走顽石；

射苍鹰，剥狼皮；

握神鞭，破八极；

踏冰河，凿大渠；

祈白云，迎喜雨；

燃篝火，祭战旗；

饮血酒，歌声起；

听松涛，逐红日；

经岁月，问天地；

越千年，一首曲；

赶山人，谁能敌。

一个阿尔山人的告白

内蒙古阿尔山

这里无炎夏，

清凉一个秋。

圣泉育我心，

家在火山口。

我们的阿尔山

内蒙古阿尔山

地理独特性，

资源丰富性；

生态多样性，

气象纵深性；

历史源脉性，

人文广阔性；

品质温润性，

胸襟豪迈性；

沧桑厚重性，

青春活力性；

社会和谐性，

发展科学性。

放飞阿尔山

内蒙古阿尔山

雪育杜鹃红，紫霞染青松；

林大飞鸟稀，山深泉气清；

细雨润黑土，天际走长龙；

迅雷震耳疾，忽然万里晴；

巧手绘丹青，当空双彩虹；

云不卧冰川，直入白狼峰；

老牛摆水阵，河上借东风；

苍鹰一声啸，松鼠搬救兵；

高峡出幽潭，杂花乱石生；

美丽七仙女，最亮北斗星；

投竿钓小溪，闲来数蜜蜂；

晨起拾露珠，夜归换心情。

行走在彩虹上的城市

内蒙古阿尔山

边关名城乐逍遥，

朝拾野花夜听涛。

天生一个白狼峰，

四十八泉怀中抱。

亿年火山有温度，

不冻河上多妖娆。

莫问时光无情意，

小站火车在赛跑。

天籁之音洗凡心，

万丈紫霞织彩桥。

飞云乱渡雪世界，

敢与广寒试比高。

底蕴深厚气自华，

锦绣美景惹金雕。

祝福阿尔山

内蒙古阿尔山

梦幻阿尔山，

浪漫阿尔山；

多彩阿尔山，

诗意阿尔山；

秘境阿尔山，

圣洁阿尔山；

瑰丽阿尔山，

神奇阿尔山；

豪迈阿尔山，

厚重阿尔山；

幸福阿尔山，

美好阿尔山。

龙腾虎跃奔大海　天下黄河会东营

山东东营

华八礼赞
今日东营

今日胜利人

山海之约

开山劈地浪千重，

云深雨大万丈风。

龙腾虎跃奔大海，

天下黄河会东营。

黄河　黄河

山东东营

滚滚烫热血流四面锣八面风豪迈东方，

凿龙门开砥柱三门峡九道湾壮怀激荡。

气磅礴势高昂人安康国吉祥六畜兴旺，

立大地育苍生一生二二生三亿年荣光。

心 河

山东东营

左岸百花红，

右峰万千景。

心中无平静，

怎能驾东风。

今日东营

山东东营

渤海之滨巨浪涌，

黄河口上放歌声。

芦荻花开映碧波，

白鹭翻飞舞当空。

绿树成荫行大道，

红柳摇曳万千丛。

沃野金沙风光美，

青春油城欣欣荣。

大河口的希望

山东东营

河海着墨，绿野华章。

湿地流韵，候鸟天堂。

芦苇轻摇，红柳花放。

鸥鹭低回，自在徜徉。

齐郡风骨，彰显力量。

千秋兵圣，璀璨思想。

万古金沙，造福东方。

胜利油城，闪耀光芒。

巨龙腾飞，滚滚激荡。

风调雨顺，星空明亮。

政通人和，日月瑞祥。

九九归一，共襄其昌。

今日胜利人

山东东营

百里风滩万口井，

磕头声声日夜隆。

黑色血液化烈火，

滚滚油浪波涛涌。

雄心巧手绘蓝图，

东方红霞圆大梦。

生机盎然百花开，

地平线上好盛景。

一个老胜利人的心愿

五十八载忆峥嵘，

战天斗地老英雄。

肩挑人扛平常事，

夜半犹伴油矿灯。

当年钻出第一井，

而今遍野百花红。

黄河绿洲家园美，

膝下弄孙笑春风。

咏黄河刀鱼

山东东营

五月麦梢黄，

身有一尺长。

此时不洄游，

正是骨骼壮。

细鳞小肚白，

钢刀闪银光。

天下老河口，

齐夸美味香。

那个时代　那样的快乐

山东东营

儿时最爱三棱草，

绿意葱葱脚边绕。

含情脉脉引彩蝶，

迎风浴日精神好。

英姿胜过君子兰，

晶莹儒雅不清高。

快镰几把一箩筐，

背回家来喂羊羔。

东营 我来了

山东东营

又到东营，别样心情。

正值花开，人面春风。

百里长街，万口油井。

茫茫湿地，丛丛波影。

遍野流彩，金沙漫涌。

锦绣画卷，海晏河清。

梦圆东方，朗朗星空。

鹭飞雨润，喜见日红。

拓荒会战，英雄油城。

胜利凯歌，九州称颂。

丰收景象，岁月峥嵘。

百姓安泰，事业兴隆。

壮美华章，正大光明。

一幕吕剧，芸芸苍生。

诗意绽放，虎跃龙腾。

华八礼赞

山东东营

春深花正红，

钻机舞东风。

华八第一井，

胜利天下名。

华八井抒怀

山东东营

油砂闪光泽，

会战亮精神。

高歌斗天地，

打破无油论。

黄河三角洲，

从此起风云。

热血化烈火，

滚滚开乾坤。

中国第一口千吨井——坨 11 井赞歌

山东东营

日产油流过千吨，

英雄气概泣鬼神。

红旗漫卷盐碱滩，

干打垒里塑忠魂。

啸啸寒冽冬风起，

烈烈嘶号贯昆仑。

仰望星空守恒志，

五十五载正青春。

胜利的故事

山东东营

华八掀面纱，

营二发春芽。

一口坨十一，

美丽好图画。

孤东大会战，

捷报传佳话。

迈步向海洋，

壮心走天涯。

创业艰难多，

青春闪光华。

金沙泛绿洲，

油田是我家。

胜利铸辉煌，

浇开幸福花。

科技助活力，

迈上新步伐。

老利津

山东东营

当年十里酒肆兴，

大清河上灯笼红。

万家舟楫铁门关，

黄河入海夺涛声。

沧海桑田多故事，

人文荟萃写峥嵘。

千年不失古齐志，

凤凰城头刮春风。

放歌东营

山东东营

我为黄河生，

我因黄河兴。

我志开天地，

我在驾春风。

我情画美景，

我意歌太平。

我心向大海，

我愿逐日红。

垦利咏怀

几代垦荒人，

天地见其心。

丰收大景象，

日月照昆仑。

月下东营

山东东营

月夜走油城，

迎面黄河风。

脚前铺金沙，

举目满天星。

池塘闻荷香，

驻足听蝉鸣。

浪漫清风湖，

长着恋人亭。

千古一人

山东东营

孙武善用谋，

三十六计生。

齐鲁多人杰，

兵家第一圣。

遇见清风湖

山东东营

月上柳梢头，

人在画中游。

九孔玉带桥，

尽把风光收。

枫林栖晚霞，

玲珑山色秀。

身处小江南，

胜似在杭州。

清风湖上的遐想

山东东营

夜钓清风湖，

挥竿展宏图。

小钩无大志，

鱼儿太糊涂。

咏东方白鹳

山东东营

朝戏红霞夜弄欢，

心有灵犀自泰然。

夫妻忠贞育儿女，

万里归来守家园。

蓑羽鹤的天空

山东东营

心高比天大，

珠峰落羽下。

闺秀出阁时，

嫁妆是鱼虾。

河 魂

山东东营

金波万重浪，

赤心向东方。

海天成一色，

黄龙舞中央。

登远望楼抒怀

山东东营

天高摸在手，

地厚脚下收。

万里黄河浪，

轻轻揣心口。

初 心

山东东营

自幼经风霜，

远行成脊梁。

摆尾千百次，

不忘回家乡。

使 命

山东东营

三山看我长，

五岳为榜样。

昆仑藏心田，

高歌向海洋。

晒盐翁

山东东营

晨迎日出走盐池，

夜归闲唠家里情。

烈阳之下打个盹，

雨来忙碌遮大棚。

每天收入百元整，

揣在胸口千金重。

七十老翁拉耙子，

红柳碱滩一风景。

钻井工

山东东营

问天天不应，

叫地地有灵。

深钻三千尺，

塔形弄孤影。

汗水洗征尘，

虽苦志坚定。

风餐露宿时，

油来惊睡梦。

黄河口人家

山东东营

家住黄河岸，

浊浪伴炊烟。

晨起看风向，

夜归滩上站。

村口牵羊娃，

光脚走泥丸。

条条大鲤鱼，

痴情驮金山。

咏夏蝉

山东东营

伏来声最鸣，

枝头望日红。

宁为螳螂死，

不做土中虫。

兵圣天下

山东东营

春到老淄河，

家家燕子窝。

孙子奏凯归，

心中是祥和。

一个叫广饶的地方

渤海护佑，淄河滋养。

孙武故里，吕剧发祥。

青州古地，齐笔名扬。

绿色沃野，大豆高粱。

丰收图画，梦里原乡。

千年乐安，今日荣光。

马场西瓜

山东东营

田头问瓜农，

可有好收成。

刀落飘甜香，

脸上堆笑容。

黄河落梦

山东东营

河海东营，湿地东营；

宜居东营，希望东营；

油城东营，科技东营；

青春东营，活力东营；

浪漫东营，豪迈东营；

开放东营，时尚东营；

和谐东营，幸福东营；

生态东营，大美东营。

访友记

山东东营

日登远望楼，

夜饮揽翠湖。

黄河万年浪，

齐鲁垂千古。

握手会兵圣，

老友心相属。

遥祭一杯酒，

开怀笑东吴。

咏黄河口大闸蟹

山东东营

笑对黄河风，

生猛赛青龙。

肉肥膏满时，

香飘万家红。

行记中国

我在东营走红毯

山东东营

湿地风光美，

红毯织锦绣。

向海盟誓约，

黄河万古流。

喜结连理枝，

比翼共白首。

今天做新娘，

与君手牵手。

来自东营港区的报告

山东东营

盐场堆雪，大地飞歌。

风电如林，油机闪烁。

石化炼厂，忙不舍我。

碱滩成湖，青烟碧波。

芦苇飘荡，柽柳婆娑。

黑金滚滚，争流百舸。

巨轮冲天，龙门长河。

渤海湾畔，热血似火。

孤岛槐林　一个青春放歌的地方

山东东营

花香四溢三角洲，

五月黄河还飞雪。

孤岛揽翠洒诗意，

万亩槐林唱情歌。

激流滩头忆耀邦，

浪里风行敲大锣。

自古年少多浪漫，

青春岁月红胜火。

咏槐花

不与百花争娇艳，

一串清香五月甜。

能经风雨好颜色，

淡然落泥守家园。

亲爱的棉花

山东东营

梦里四十年，

无时不想她。

今日遇见你，

好想捧回家。

行进的军马场

山东东营

当年养马为国防，

而今弹箭守海疆。

绿野戎装再立功，

现代农业新战场。

垦利区永安镇即景

山东东营

生龙活虎黄河蟹，

万亩幼苗忙赛跑。

白鹭迎客立稻田，

夏日荷塘正弄娇。

锦绣大地一幅画，

幸福笑脸比自豪。

七十四岁老羊倌，

称赞党的政策好。

渤海垦区抗日根据地观感

山东东营

鲁北小延安，

全民齐参战。

垦荒拓沃土，

抗日保家园。

肝胆守初心，

真情河海鉴。

幸福和美地，

风光看新颜。

黄河大米

山东东营

千古黄河情，

用心琢晶莹。

一粒香白米，

万家是风景。

春到民丰湖

山东东营

眼前百花红，

耳边起歌声。

放怀抱黄河，

渤海落心中。

小宁海追思

山东东营

宋元古韵地，

煮盐放梦飞。

赶海抱大鱼，

逐浪千百回。

当历史从你这里流过

山东东营

万里涛声，放歌从容。

黄河落梦，激流汹涌。

东方盛景，姹紫嫣红。

人和政通，欣欣向荣。

郁郁葱葱，天下太平。

中华巨龙，再启新程。

祝福东营

山东东营

我亲吻着黄河,

我聆听着涛声;

我拥抱着浪花,

我沐浴着日红;

我分享着激越,

我萌发着感动;

我见证着裂变,

我期待着新生。

后 记

　　当下，处在百年未有之大变局的时代，每天都是日新月异；当下，处在千年未有之革故鼎新的大历史时期，每时都是眼花缭乱；当下，处在万年未有之人类思想裂变的时空，每刻都是千变万化。很幸运，能搭上这趟历史的列车，能见证她，能感悟她，能表达她。对于人们喜欢讨论的那些"所见非所在"也好，"所在非所见"也好，在这篇行记中都有真我坦诚的存在，都是自然流淌的心声。

　　平生无志向，茶后问余香，惟愿"只言有肝胆，片语思千秋"。

　　我自2019年4月清明节之际从信阳启程，今将行走心得集结成册以感谢所有关心关注过我的人，是为后记。

2019年9月于闲思园